あかむらさき

小川三郎

銀杏

銀杏の樹の前で
女の子だか少女だかが
ふたり仲良く
銀杏に向かって右手を挙げていた。

銀杏は黄色く染まっていて
ときおり葉を散らしていた。
私にはなんだか
そのときの銀杏が恐ろしいものに見えた。

ふたりが挙げた手に応えるように
銀杏は身体全体でふたりに覆いかぶさった。
そばで両親だか他人だかが
その様子を見守っていた。

それは秋の午後
この季節には恒例の
微笑ましい光景として公園の端にあったわけだが
私にはやはり恐ろしいことのように見えた。

私はそのような決めごとになじめない。
どうにもこうにも
あってはならないことのような気がして仕方がない。
考えてみれば私は生まれてこの方
銀杏の樹に触れたことすらない。

女の子だか少女だかは
銀杏の身体に覆われたまま

不要になったものを脱いで
そこで朝まで過ごすようだった。
両親だか他人だかは
それでようやく安心したのか
そそくさとその場から去り
公園には初めから
誰もいなかったようになった。

それでよろしいということなのだが
私にはどうにも腑に落ちなかった。
銀杏の色が夜に向かって
だんだんと薄まっていくのを
安全なところから眺めている自分が誰なのか
その内側で生まれつつある

奇妙な欲望がなんなのか
それもまた判然としないところがあった。

港

港で釣りをした。
その日船は
一隻も帰ってこなかった。
当分のあいだ
釣りをしていていいと思った。

港だから
波は穏やかだったけれど
名前のわからない魚が数匹釣れた。
ときどき知らないおじさんが来て
魚の名前を教えてくれた。

遠い記憶を
たぐろうとするときはたいてい

魚の名前を思い出すような気持ちになる。
波の合間を覗き込めばたいてい
死んだ人の気配がする。

港の周辺に立っている
ただ四角いだけの白い建物。
その中身にひどく愛着を感じる。
なくてはならない
大事なものがそこにはあると
わかっているくせに私はまだ
釣り糸を垂らしている。

またおじさんがやってきて
魚の名前を告げていった。

釣れた魚は
籠からいなくなっていた。
沖合では
船が何隻も停泊している。
一生そこにいるつもりでいる。

このような場合なんとしようか。
花束がひとつ
波間に汚らしく揺れている。
なのにまだ私は
釣り糸を垂らしている。
何も言わない足音が
私の背後を通過していく。

立ちあがると
港は大きく揺れたが
すぐに落ち着いて静かになった。
竿が手から滑り落ちる。
釣り糸は港に沈んだものを撫でながら
沖に向かって流されていった。
一瞬大声をあげそうになって目をつぶったが
誰もいない気配が
港のすべてをつつんでいた。

穴

家に帰る道の途中に
穴が掘ってあった。
誰かが来て掘って
そのままどこかへ
行ってしまったのであるらしい。

とても大きな穴であった。
しかしそれほど深くはないので
覗き込むと
底がくっきり見えるのであった。

底にはなにもないのであった。
なんど見なおしてみても
底にはなにもないのであったし

もちろん
誰もいないのであった。

だから私は
思い切って穴に入り
その底に立ってみたのであった。
入ってみると見た目に反して
恐ろしく深い穴なのであった。

穴の底には
穴以外には空しかなかった。
ここはもしかすると私が
ずっと来たかった場所ではなかったろうかと
しばらく考えたが

どうやらそうであるらしかった。

私はそこで寝そべって
空を眺めていたのだけれど
ときおり誰かが
穴の縁から覗き込んで
いぶかしげに底を見回してから
まだ誰もいない
とつぶやいて引っ込むのだった。

何日かしてから
私はようやく
目をつむることができた。

穴はいつしか誰かに埋められ
穴ではなくなることだろう。
その時には実は
私はしれっと別の町で
暮していたりするのかもしれないが

いまはただ穴の中だ。
穴と私と
空だけなのだ。

下着

濡れた下着が
鴨居の下にぶら下がっている。

私はそれを
一晩中見つめていた。

私は真夜中
ほんとうのことが怖くて
ふるえている。

真夜中の時間が
行ったり来たりするなかで
下着は少しずつ
乾いていった。

部屋の外を
夜がすっぽりと包んでいた。
それは当たり前のことなのだと
いくら自分に言い聞かせても
駄目だった。

私は下着ではない。
私は下着にはなれない。
私は下着になるのがこわい。

下着は
少しずつ少しずつ乾きながら
鴨居の下にぶら下がっていた。

路上にて

路上にて

私は苦しい最期を遂げた。
あなたに出した手紙には
返事がこなかった。
あなたはどこでどうしているのか
それだけが心残りで
私の最期は余計すさまじいものになった。

どこかのじじいが
私の最期を見て
口を開けていた。
なにか意見を言いたいらしかったが
私は私の最期を遂げていただけで
なにかを訴えたいわけではなかった。

最近の若者たちは
私の最期など興味がないようで
いくら苦しいうめき声を上げようと
平然と横断歩道を渡っていく。
腕組みなんかして
なんとも偉そうだ。

私は最期をいったん停止して
自転車に乗ってもう一度手紙を出しに行った。
ポストの前でしばらく待ってみたが
やはり返事は来なかった。

手紙は届いているはずなのに

なぜ返信してこないのか。
怒っているなら
そう手紙に書いてよこせばいいではないか
私は憤慨したが
あなたはきっと
私の知らないところで
誰かに抱かれているのだろうな。

自転車でさっきのところに戻り
最期の続きをした。
威勢のいい断末魔をあげたが
タイミング悪くトラックが通り過ぎ
なんにも聞こえなかった。
バスからわさわさと乗客が降りてきて

私を何度も突き飛ばした。

かわいい女を見つけてついていくとおかまだったり
外国人と話し込んだりしているうちに
また一日が終わろうとしていた。
気がつくと足もとに
私に向かって手を合わせているおかっぱの少女がいたので
違うよと言ってやると
あわてて走り去った。

一日が終わると
安酒場でおでんを食いながら一杯飲み
それでその日は寝てしまった。

秋夜

ちいさな網のうえで
小魚が折り重なって
焼かれていた。

私とあなたは
向かい合い
それを見下ろしながら
静かな会話を続けていた。

やがて焦げる匂いがすると
小魚のひとつに
あなたは手を伸ばし
あちちといいつつ目を細め
口に放り込んだ。

一瞬

あなたの顔は
意地わるそうな猫になった。
私がそれを言って笑うと
まったく鳴き声まで猫になって
やみくもに
私の悪口を並べたてるのだった。

私も真似して
小魚を口に放り込んだ。
むんと潮のにおいが
喉の奥まで満ちるようで
口を開くと

あなたへの悪態があふれ出ていた。

私とあなたはふたりして
どんどん小魚を口にして
どんどん変な鳴き声になった。
どこかの家の窓が開いて
うるさいと叫ぶ声がしたが
私とあなたは聞く耳をもたず
盛り合うようにして罵り合った。

いつの間にか
夜半を過ぎて
隣の家では
赤ん坊が夜泣きを始めた。

夜は誰もが泣くようで
おとなもすずむしも泣くのだった。
私も涙を流していたが
悲しみとは違うような気がしていた。

新月の光を浴びながら
人間的な感情など
どこかに行ってしまった様子のあなたは
自分の小魚を食べ尽くし
私の指にまで
手を出そうとするので
あまいキスをし
また海へ行こうというと
しょんぼりとうなずいたのだ。

赤い川

赤い川が流れている。
細い川だ。
その岸で老夫婦が手を洗っている。
豊作だ豊作だと言いながら
一心に手をこすっている。

老夫婦の手には
赤黒い手相がこびりついていて
その手を川に突っ込んでは
ごしごしとこすっている。
私は反対側の岸にいて
もう帰ろうとしていたのだが
ならばなんとか助けてやろうと
川に足を踏み入れ

老夫婦の方へと歩いていった。
すると案の定というか
川底はぬるぬるしていて
足をとられる。

私が川底に尻もちをつくと
老夫婦は
ふたりして顔をこちらに向け
はっとした様子をしたが
しかし豊作だ豊作だと言い続けながら
手を洗うのをよさなかった。
私の身体が
腰からだんだん
薄赤く染まる。

表面だけではなく
身体の内も
髪までも赤く染まる。

思わず私は流れに顔を浸し
川底の匂いを嗅いだ。
煮えつくような人間の匂い
大勢の
顔を求めぬ思いの匂いが
そこにはじっくりと滞留していた。

老夫婦は手を洗いながら
しかし涙を浮かべながら
互いの股間をまさぐっている。

川の底では
私の股間をまさぐる手もある。
終わるほどに美しくなる暗闇を
想像せずにはいられぬような
湿ったぬくもりが
私たちの赤い川を満たしていた。

川に身体をなじませるべく
私が身体をくねらせると
その肉体を老夫婦は
懐かしそうに見守って
ほんとうに豊作だったのだと
紅潮した悲しい顔をいつまでも
ふたつ並べているのだった。

朝

早朝
朝日に照らされた道を
買い物かごをぶら下げたあなたが
歩いてくる。

こんな朝早くに
開いている店などないはずなのに
買い物かごには
野菜やそのほか
いろいろなものが入っている。

私たちの一日が
いま始まって
それは誰にも邪魔されないはずだったが

あなたの顔は
朝日の手前にあって見えない。

私はあなたの笑顔を想像する。
崩れないようにそっと
それを手で支える。

まだ距離があるのに
野菜の匂いがやってきた。
あなたの声が
切れ切れに聞こえる。
かごの中の野菜の名前を
ひとつひとつ伝えている。

それが
私の名前に聞こえるということ。

私もあなたの名前を呼びたいのだけれど
それはやはり
野菜の名前としてだろうか。
もしも違っていたならば
あなたは私の横を通り過ぎて
知らない家へと入ってしまう。

嘘をつくことは
わけのないことだった。
しかし私も朝日に照らされ
だから寂寥として

門の脇で
あなたを待った。

あかむらさき

季節がら近所には
ひまわりばかりが咲いていて
夜になると
ゆらゆら光るものだから
虫がいろいろ寄ってくる。

ひまわりのあいだに電車の通るころは
いつも夕暮れ
車内には電燈がついて
いかにも黒いひとたちが
まばらに席に座っている。

踏切に差し掛かり
私たちは足をとめた。

ゆらめく虫は思い思いの姿をして
あなたはその種類を
ちっとも知らないものだから
いかにも面白そうな様子をしている。

空は重たく晴れていて
今にも崩れて落ちてきそうだ。
電車は重さに耐えかねて
ぎゅうぎゅう言いながらカーブを曲がった。
私はあなたの肌に少し触り
あなたは私を引きとめる。
ひまわりが興味ぶかげに
私たちの様子を眺めている。

あなたの顔は
ゆったりと光りはじめ
重たい空とは対照的に
雨が降っていた。
カーブを曲がった電車は
やがては海に出るのだろうが
海にも虫はいるのだろうか。
海に虫がいたばあい
それは魚といえるのだろうか。

虫より魚が見たいとあなたは呟き
私も同じように思っていると
ひまわりの瞳が次々閉じられ
あなたの肌が濡れはじめた。

電車の背中が海岸線に消え
すると狂おしく思える黄昏には
もう続きなど必要なくて
海に消えかかる空とその向こうに
私たちは消失していく。

りんどうが咲く沖の浜辺で
私たちは目を覚ました。
どこまでも続く砂と風から
懐かしい足音が聞こえてくる。
魚と虫が交わり合うなか
振り返ると夜明けの空には
私たちの影だけが一筋の線の内に
消えずにいつまでも残っていた。

鬼

鬼はびっくりしたように
目を見開いて
私のうしろを見つめた。

鬼はいつだって
そんな顔をしている。

鬼を見るとき
私の心は歪んでいる。
ほんとうは
澄んだ心でいたいのだけれど
心のなかにあるものが
みんな歪んで
別のかたちになってしまう。

ときおり心の内側に
ちいさな雲が流れていく。
ときおりそれが
鬼の顔になる。
びっくりしたような顔をしている。

鬼は
私のうしろにあるものを
とても嫌がっているのである。

純潔

ゴミ箱を漁る女の横で
幼い子供が泣いている。
女はゴミ箱に顔を突っ込んで
一心になかを漁っている。
いまだ食べられるものは
見つからないらしい。

どよどよと流れる街の
色とりどりのひとびとと
その脇に佇んで淀むひと。
建物は古びていき
ひとは排泄し同時に食い残し
立ち去るひとと漁るひと。

女の横に立ち
同じゴミ箱に顔を突っ込むと
なかでは盛んに交尾が行われている。
むせ返る生き物の匂いがあって
女の目は
飛び出している。

女の口が
ずっともごもご動いているので
匂いを嗅いでみると
働く男たちの匂いだった。
ゴミ箱の底では
絶えず腐乱と壊死が営まれている。

食べられるものならば
全部食べてしまいたい。

幼い子供の泣き声が
急に大きくなった。
なにか脳みそに湧いたらしい。
ここはそんなに暑い国だったろうか。
蝉も声を振り絞って鳴いている。

首をゴミ箱から取り出し
女の尻を一瞥して
幼い子供の手をとると私は
その場を離れた。
子供は蝉と同じ声で泣いている。

ゴミ箱のなかで拾ったものを手渡してやると
子供は泣きやんですぐに食べた。

岩

大きな岩と大きな岩が
寄り添うようにして転がっている。
近くにちゃんと川があるというのに
そんなところで
なにをしているのだろう。

片方の岩によじ登ってみると
川が見渡せた。
黒い魚影もよく見えるから
ひとはきっとここに座って
のんびり釣りをするはずだ。
しかし竿が震えるだろうから
魚はすぐに逃げるはずだ。

魚は魚ではなく魚影であるから
岩と川とはゆかりがない。
座った感じでそれはわかる。
岩から降りてもうひとつの岩に登って座る。
こちらからは空が見える。
都合よくどこまでも晴れている空に
とんびが輪を描いている。

とんびには私が見えないはずだ。
あそことここはあまりに遠く
間に見えない壁がある。
少し腕を伸ばすだけで
壁に触れられるはずなのだが
触れようとしたものはまだいない。

持っていた石を投げつけると
とんびはたちまち川に落ちて
黒いだけの魚影になった。
壁なんてないじゃないか。
岩が下卑た声で笑いつつ
私の腰にささやいた。

私はいくらか嘘をつくので
いつもこうして嗤われる。
石はまだ私の手のなかにあって
本当は初めから持っていない。
ただの魚影になったとんびが
軽蔑した目で私を見下ろしている。

とんびもいくらか嘘をつくので
お互いさまのはずなのだけれど
岩は私を振り落とし
憎々しげにひきつり笑った。
壁なんてないじゃないか。
めくれ上がった川が言って
私の頬を舐めあげる。

うん。
力なく頷いた私の下半身は崩れ
いく千粒の
細かなたまごになり果てて
川のふりをし

海とは逆の方へと向かって
流れ始めた。

階段下

そういうわけで
階段のところで
傘を乾かしていた。

階段は鉄階段で
好きなだけ降りていけるのだった。

傘には遊園地が映っていた。
晴れた日の遊園地は
なにものよりも美しい。

階段の下には
先のほそい川が流れていて
おととい散った桜の花びらが

帯になりたすきになり
流れていくのでありました。

横断歩道

横断歩道が真っ白で
なにも見えない。

向こうの歩道を
犬が歩いていく。
大声で話しかけても
聞こえないふりをして
行ってしまう。

私はこの横断歩道を渡って
道の向こうにあるあの
四角く整えられた建物に入りたい。

街路樹までが白く染まって

雪を染みつけたような景色のなか
四角く整えられた建物の
あの窓だけが黒い。

そこにだけ
ひとの気配がある。

意を決して
車道に足を踏み出してみる。
真っ白な路面に
足がずぶりと
沈み込む。

まるで沼だ。

欄干

陸橋の欄干に
きれいに並んだ
白い鳥。
雪が舞い始めている。

下の道路は
とめどなく車が行きかっている。

時折陸橋を
ひとが渡る。
みんな下を向き
音をたてずに歩いていく。

鳥らは
互いに言葉を交わすことなく
身づくろいをしたり
遠くを見たり
鳴くふりをしたりしている。

遠くの道路で
事故が起こる。
どうやら人が死んだようだ。
点滅する灯りが見える。
鳥らに動揺はない。
またひとり
鳥らの後ろを
ひとが音もなく通り過ぎる。

鳥らは軽く足踏みをする。
今夜のどこかへ
飛び立つときを
知らせるものが
やって来るのを
慣れた顔つきで待っている。

陸橋の下を
救急車が通り過ぎる。
何羽かの鳥が目を閉じる。
雪はとめどなく降り続け
少しずつ
少しずつ欄干に

鳥らの数が増えていき
凍えた夜が満たされていく。

冬の電車

山の中腹から
電車が出てきた。
とても古い電車だ。

あの電車には乗ったことがある。
雪が積もった真冬の日で
しかしとても晴れていた。

あのとき電車は
枯れた森を駆け抜けて
広い野原を走ってまわった。
背景には常に
雪山がそびえていた。

今日もまた
そのような日で
しかし電車は私を乗せずに
はるか頭上を駆け抜けていく。

私はいま
雪に埋もれて倒れている。
遭難しているともいえるし
雪と戯れているともいえる。
いずれにしろ私の命は
一時棚上げされている。

ごくたまにではあるけれど
こうして自分が生きているのが

冬であってよかったと思うことがある。
生きものの多くは滅びているから
冬はたいてい
ものしずかである。

私の心はずいぶん弱くて
生命などには耐えられない。
あのうるささも匂いも気配も
どうにも心が動揺してならない。
あの電車の乗客になりたいが
それもいまさら無理のようだ。

電車の車輪の隙間から
鉄の香りが降りてくる。

私は雪に埋もれながら
その香りを感じながら
自分がまだ動けるのかを
少し考え始めている。

帰路

道のまん中に
大きな岩が転がっていて
それ以上は進めなかった。

岩は
空から落ちてきたに違いなかった。
昨夜あたり
きっとどーんと落ちてきたのだ。

岩に近づいて
匂いを嗅いでみる。
鉄の青臭い匂いがする。
とても人間的な匂いだ。

子供のころ
友達はみんな
こんな匂いをしていた。

私と岩は
一緒にゆっくりと地面にめり込んでいった。

沼に水草

首の長い長い鳥が
水草の陰に潜んでいた。
よれよれの細い身体で
辺りの様子をうかがっていた。

私の姿を見つけた鳥は
石のようにぴたりと停止し
私のかたちを
じっと見つめた。

私は鳥のふりをして近づいた。
よりわかりやすいように
首も長く長くした。
すると鳥はますます細くなり

まるで姿を水草のあいだに
折り込んでしまうかのよう。

うまく鳥の首を掴んだ。
掌の中で
鳥の呼吸が止まる。
草を抜くように
鳥を沼から引っこ抜いて
やさしく抱き上げると
それは枯れ枝だった。

枯れ枝でも
鳥には違いないのだからと
首から手を離すと

鳥は呼吸を取戻し
足で私の腹を蹴った。

私の腹に広がる波紋は
妊婦のそれにも似ているもので
しかし私の痛みではなく
ふくらはぎから
沼へと抜けた。
泥がごくりと喉を鳴らして
水がむんと匂い立った。

私はまるで力が抜けて
なにを思って生きてきたのか
いつからここに来ていたのかさえ

別段気にもならなくなった。
上下左右も硬い柔いも
ひとつのものに感じられた。

私は水草をかき分けて
泥に足を沈ませて
鳥を抱えたままの姿で
沼の奥へと歩み進んだ。
意識はだんだん薄れてきたが
視界はむしろ鋭利になって
鳥の姿が鳥になるのを
私の姿が
何かになるのを
静かな気持ちで眺めていられた。

夕暮れ

石が
こちらを見ていなかった。
そのかわりに
陽が沈み行く様子を眺めていた。

私のことを見てくれるのは
石くらいなものだったので
私は夕暮れに絶望した。

森も川も空も雲も
見渡す世界のすべてのものが
夕日のことを眺めていた。

腹いせに
かかとを振り上げ
石の頭をかかとで割る。
かかとを避けて
石が私の頭を割る。

私の居場所はここではないと
言い渡すように
頭を割る。

不意

背中の荷物を
下ろそうと思い
まずはそこに腰かける。
指に蝶がとまる。

蝶は横を向いて
知らん顔をしている。
指を振ってみても
飛び立たずにじっとしている。

指先に
蝶の足の力を感じる。
強くしがみついている。

荷物が肩に食い込んでいく。
汗が滝のように流れていく。

いま蝶に飛び立たれることが
なぜかひどく恐ろしくて
身体の震えが止まらなかった。

顔を近づけて
蝶をじっと見つめる。
蝶は知らん顔をしている。

追憶

夕暮れ時は
光と闇に
目が眩んで
なにも見えなくなっていく。

ちいさな花が咲いていたり
子供が遊んでいたりするのだけれど
みんな見えなくなっていく。

夕暮れだから
仕方のないことなのだけれど
悲しくて涙が出る。

するとますます

見えなくなってしまうから
ぐっとこらえてみるのだけれど
やっぱり見えなくなっていく。

並木道を
私はまっすぐ歩いていく。
黄色一色に染まった枯葉が
一面に敷き詰められている。
夕暮れが
その向こうに置かれている。

やがて白一色になって
夜が来るだろう。
真っ白な夜のなかで

私も真っ白になるだろう。
枯葉の一枚一枚と
区別がつかなくなるだろう。

夜とはそういうことなのだと
毎日言ってきかされたけれど
切なくて涙が出る。

子供の笑い声はまだ聞こえる。
穏やかな風の音が
まだ聞こえている。

夏下

雲の下を
電車が通り抜けて行った。

電車の下には
澄んだ川が流れていて
はるかな海までつながっていた。

電車の乗客が
川の流れを見下ろしていた。
川には魚が住んでおり
電車の乗客を見上げていた。

何人かの乗客は

その川が終点だと思い込んで
飛び込んだ人もいた。

魚どもは優雅に円を描いて泳ぎ
川の面と川の底から
時間を消失させていた。

雲はどんどん湧き上がり
いまや空の頂点にまで達していた。

あかむらさき

小川三郎詩篇集『あかむらさき』

初出	「銀杏」	repure 24
	「港」	Down Beat 10
	「穴」	現代詩手帖16年10月号
	「下着」	モーアシビ 第30号
	「路上にて」	Down Beat 6
	「秋夜」	Down Beat 7
	「赤い川」	Down Beat 9
	「朝」	詩の練習 第27号
	「あかむらさき」	未発表
	「鬼」	Down Beat 8
	「純潔」	モーアシビ35号
	「岩」	未発表
	「階段下」	Down Beat 8
	「横断歩道」	repure 22
	「欄干」	Down Beat 12
	「冬の電車」	repure 23
	「帰路」	Down Beat 11
	「沼に水草」	モーアシビ34号
	「夕暮れ」	未発表
	「不意」	朝日新聞夕刊
	「追憶」	repure 26
	「夏下」	Down Beat 11

詩作者　小川三郎

参加同人誌　『repure』『Down Beat』『モーアシビ』

詩集	『永遠へと続く午後の直中』	2005年思潮社
	『流砂による終身刑』	2007年思潮社
	『コールドスリープ』	2010年思潮社
	『象とY字路』	2012年思潮社
	『フィラメント』	2015年港の人

あかむらさき

二〇一八年十月二十日　発行

著　者　小川　三郎
発行者　知念　明子
発行所　七　月　堂

〒一五六—〇〇四三　東京都世田谷区松原二—二六—六
電話　〇三—三三二五—五七一七
ＦＡＸ　〇三—三三二五—五七三一

Printed in Japan
ISBN 978-4-87944-342-7 C0092